寂寞的螳螂

A Lonely Mantis

楊雨亭

愛情再迴向我的心中

重新尋覓妳

原來的妳

問　別後的此生安好

自序

如果你在愛情裡經歷必然的絕望，你發現自己被拘禁在死蔭幽谷中一個完全黑暗的深井裡，你的身體浸泡在濕冷的水中，你感到恐懼、孤獨、悲苦，你吶喊，你哭泣，你沒有逃離的路子；你又如同活埋地底，你看不見週遭有一絲光線，你窒息，盡力吸入稀薄的氧氣，你放棄了求生意志，靜靜地等待死亡。此時，你唯一的拯救，是你愛的人丟下一條繩索，在高遠的井口，呼喊你的名，你便可以抓緊著繩子爬出深井；或者，你愛的人奮力掘地，要你撐住，將你從地裡挖掘出來。但是你愛的人不會如此行，他厭倦你，他渴望開始一個新的、沒有你的生活，而你則慣性地、歇斯底里地死攪蠻纏。於是，你跳入井裡，你掘地自埋。你最終發現，留在井裡、地底，是最好的選擇、惟一的選擇，只有如此。

當一個人患上了這樣痛苦的愛情／失戀幽閉症（love/lovelorn phobia），形成難以治癒、內化了的憂鬱，日夜與瘋狂與死亡為伍。經由如此可怖的經驗，我對於人類可以忍受愛情殘酷的、反覆的、一而再再而三的、永遠盼望的、必然絕望的、死不悔改的折磨，感到震撼。唉！人是什麼？人性是什麼？愛是什麼？愛情是什麼？我驚訝的意識到愛與愛情之間，存在著一種本質上的差異，愛使人存活，愛情置人於絕境；愛有普遍性，愛情有特殊性；愛期待愛情的生活，而愛情的傷痕須要愛的治癒。

當一個人強烈的、固執的要將愛情的不貞性轉換成穩定不變的愛，卻喪失了愛情裡苦澀與甜美的味蕾。我要那個人給我獨一無二的情感，那個人要決定除了我，此生不再有其他人的存在，他的身軀不再疊在另一個人身上（他慣常如此）。也就是說，那個人要背起我們愛情底十字架，我們要面對面底釘在十字架上，我們的手、我們的腳，交互重疊地被生銹的長釘穿透，鮮血混合地、慢慢地滲漏，炙熱的汗水從我們的髮根迸出，流過我們的額頭、我們的臉頰、我們的唇舌，我們的身體沾黏濕透，我們的呼吸急促，我們的雙眼緊貼著對方。如此，成了！滿足了！於是，在死裡一起復活，是我們惟一的道路；或者，那個人，可能是我自己，實在受不了這樣劇烈的折磨，就從十字架上脫身，逃跑了；而另一個人，赤裸地留在十字架上，雙手、雙腳被長釘穿透，頭已垂下，內臟掉入腹腔，鮮血流盡，仍然，等待著。

人的一生多在愛情與婚姻中擺盪，在責任與自由中掙扎。在我的內心深處，常常聽見一種微弱而堅韌的呼喚，盼望著有一天，能擁有一個人完全的、安靜的、平和的、不受干擾的、不被質疑的、不被控訴的生活；渴望，能在現實中遠走高飛，去一個夢想中陌生的地方，重新的活下去，將往日像一件舊大衣脫下，留在不復記憶的過去。我想，可能有些人像我一樣，在熙攘人群中，戴著政治、宗教、社會強迫性打造的道德面具，懦弱、害怕、期待、失望、孤獨地過了這冗長又短促的一生。其實，我們是渴望著理解和配合、憧憬著愛情和婚姻、又希冀著自由和奔放，而永遠地盼望、絕望與寂寞底一群人。我們像夜晚天空中遙遠的星子，在看來美妙、擁擠的星雲裡，其實我們和另一顆星子的距離最少有幾萬光年，我們這負載著軀體和心靈的孤獨本我，在有限的生命中，如何跨越過這浩瀚宇宙裡的無涯尺度，去和另一個人真正的契合？

一個人往往無法與愛的人結合，或者與不愛的人結合，如此殘缺與毀滅了彼此的一生。那麼，怎麼樣才能在反覆回顧與盼望原初幻滅與想像的愛情裡，完好地活完剩餘的半生？於是，重新去愛，永遠是人類最珍貴的學習。

楊雨亭

二〇一六年，一月，台北，陽明山麓，初冬。

目錄

逝去的愛情

愛情的奴役

目錄

復活中的愛情

愛情與死亡的變奏

第二部　散文

燃燒中的愛情

愛情的喜劇性

第一部 詩

愛情是真理的光

愛情是真理的光

愛情是真理的光
在生命幽暗的路徑上
照亮一池淨水
人在一方
如虛若有　情色在位
與愛的人靈魂互視

以靈語
辨識自身遠古的由來
述說彼此存有的奧秘
恍然
一切原本是為了今日

觀看
身後便是桃花源
攜手循仙蹤而去
沉溺幻影與實存之中
舞於銀河星塵之上

探尋光的另一面
偏執與瘋狂
不知歸途

甦醒　不復甦醒
憶起　似乎
有一池淨水
人　在一方
如虛　若有

給我一點愛情

給我一點愛情
我將獻上我的全部　我的一生
每天
給我一點愛情
那一點點的愛情
足夠我一天呼吸的氣息
只要一滴愛情

調出整瓶的蜜糖水
我就可以活下去

然而
不要告訴我實話
（陽明山秋天又深又密的蘆葦裡
你在其中藏著一個謎語
鳥在寂寞的冷空掠過
留下無盡的孤獨
風聲
細細悄悄的說
你不再愛我）

你說過你的愛情如是

你說過你的愛情
有永恆的承諾

你的愛情如是
我若是將滅的燈火　你不吹熄
我若是受傷的蘆葦　你不折斷
我愛的人啊

你可以無盡的折磨我　污辱我
但是
不要吹熄你對我將滅的愛情　我如微弱顫抖的燈火
不要折斷你使我破損的尊嚴　我是受傷潦倒的蘆葦

因為　我相信　我一直相信
你說過
你的愛情有永恆的承諾

你的愛情如是
我若是將滅的燈火　你不吹熄
我若是受傷的蘆葦　你不折斷

我要尋找一株忘憂草

我必須離開愛情
因為愛情離開了我
我要尋找一株忘憂草
聞了以後
忘掉了愛情
不復記憶愛的人
我就能重新地活下去

如果我想起了愛情
記起了愛的人
我只要再聞著忘憂草
就忘了愛情
不再記憶愛的人

如此　重覆　旋轉
忘了我是誰

我問我愛的人
幫我尋找一株忘憂草
讓我忘了她　離開她

或者

她要安慰我
在她離開我的時候
答應我　我能隨時地看見她
我才能離開她

逝去的愛情

回首看見自己懸樑

每夜
回首　看見自己
以白色的圍巾懸樑
穿著灰色的長袍
如民初的大學生
妳如暗室的處子

等候虐殺妳的情人
他一定會來到
在我面前虐殺妳

每夜
回首　看見自己懸樑
四十年過去
早已在樑上風乾

為什麼要對妳掉眼淚

妳告訴我
他的存在有相當時日
妳說你們比較合適
只是上個月　在床上
妳才深情地告訴我一個秘密
我是妳的最愛

於是羞恥
像一條火蛇
緊緊箍著我的脖子
我的眼淚撲簌簌的流下來
看到我掉眼淚
妳感到詫異
這麼壞脾氣的人也會哭
為什麼要對妳掉眼淚
太遲了

妳不會回頭的
妳想　早點離開我
趕緊告訴等待中的他
我們的事結束了
你們計劃的遠方旅行
即將開始

白色的床鋪
藍色的海
溫暖的風
緩緩吹來異鄉椰林的氣味

妳倚在核色木質百葉窗的窗口
對他微笑
妳　要走了
再陪我一會兒
我不要一個人掉眼淚

不能再看見愛的人

如果你決定要離開
一定不能再看見愛的人
因為你老是會失敗
你向愛的人
不斷訴說離別的苦情
練習分手

約定離別的日子
由於即將永久分離
明天一定要見面
如此　看見愛的人
就忘了離別的日期

這樣子的肥皂劇
經年累月的公演
所有的親友都已　不再觀看不想聞問
你和愛的人
仍舊決心要離開彼此

以討好世界

等你們謝幕時
台下一個觀眾都沒有了

山居

年輕　與妳陽明山居
有硫磺的氣味
此後我一生追逐硫磺
肉體上的硫磺
心靈上的硫磺
思緒上的硫磺

森林是我愛　也是妳愛
山水是妳愛　也是我愛
尤其是陰雨季節
攜手走入山林
青苔圍繞著石階
生命的慾望勃發
此刻我倆即赤裸相對
桑間濮上

颱風來臨
風雨如海水　高空灌入樹叢

樹林痛苦呼嘯　直若即將拔根
山在愰動　幾要夷平
倏爾　電停了　一片漆黑
點燃蠟燭　門窗房頂喇喇狂響
看見妳的微笑
聽到妳的吶喊
便覺此生應相守
直到生命末了
於是將妳我的體液
置入黑牌威士忌
加冰塊　勾手而飲

之後　妳走了
跟一個不愛妳的男人
妳跳樓
也沒有喚回他的回應

我的一生守護山
守護我們的山
夜裡　白蘭花
襯著硫磺味
在輕雲淡霧裡
看見妳年輕的臉兒在微笑　想著一個人

愛情的奴役

愛情的奴才

在生存的世界裡
我是愛情的奴才
我愛上了誰
我就成了他底奴才
愛情，乃是
到奴役之路（我賣身爲愛人底奴隸）

我沒辦法脫離
也不想脫離（我享受奴役）
我被網羅蓋住
我被投入深井
我被殘暴的置於穴中
如待殺的溫馴羔羊

我期待救贖
我渴望自由
求我愛的人釋放我

當他允諾遺棄我

我卻糾纏他
他愛上誰
我就嫉恨如仇
如此　反反覆覆　沒完沒了
我是他底奴才（惟一的奴才，我堅持）
我如油瓶拖住他
死纏濫打　不要臉
拖垮他
在愛情的虛幻與苦痛裡
引頸就戮

愛情鎖鏈下的農奴

當愛情的關係固定
你便成為愛情鎖鏈下的農奴
封建終身制
無法分離
分配到一片土地
合法的耕作
終歲所得

完全獻上莊主
莊主　也就是愛情的贏家

愛情中的自由
只是一種猜想
亙古以來
沒有答案的謎底

鎖鏈中的農奴
愚忠裡不知如何反抗
低頭依附莊主
莊主　就是愛情的贏家

長年來
農奴
以鎖鏈捆綁著
早已不事生產的莊主
於是
最終
農奴成了愛情的贏家

愛情的殘暴性

一個人受到愛情的殘暴統治
要到幾時呢？
當你愛一個人
就是悲慘歲月的開始
多數時候
你感到失落
實在是失戀

一直在　等待
等待愛的人拯救
帶你去一個新天地

愛的人殘暴粗鄙
漠視你　輕視你　厭煩你
使你
陪侍　如坐針氈
期待　心受重創
當他找不到別人時
待你如雞肋

當他找到別人時
視你如敝屣

而你忠貞守候
隨時捨生取義
心無旁騖　腳踏實地
為他不斷祈禱
盼　守得雲開見月明

如此
你愛的人
被你糾纏　苦候　悲愴　自虐

你虛度青春歲月
你年華漸逝　白頭　蒼涼
於是你愛的人　對你
煩到不知如何是好
你使他深感良心愧責
罪孽如炭火日夜在他頭上焚燒
這樣　其實
是你　在殘暴地統治他

不要被愛情打敗

在死亡與愛情前面　我們只有低頭
就是死亡　也不能勝過愛情

愛情像賊
等到發現　已經太遲
而走的時候
其實早就消散了

總是被愛情打敗
只是　我們敗得太慘了
敗到一無所有
敗到污名黥面

終結的愛情
如脫了水的魚兒
奮力的抖動
終究　是停止了
心　是碎了
像一堆絞肉

不要再被愛情打敗
因為被愛情打敗的人
沒辦法回到自身的原形
他的名字被世界塗抹
人們不復記憶他

愛情的不貞

如何兌現你愛情的誓言

一直承諾對方
開出無限的支票
其實是做不到　也賠不起
扮演著愛情連續劇裡
忠貞的角色
大義凜然

總是不去想　也不能想
如何落實你愛情的誓言
其實早就忘了
發誓的內容時間地點
甚至於混淆了發誓的對象

承諾的次數太多
累積的誓言債台高築
還不了債
連利息也付不出來

如何兌現你愛情的誓言

每天這樣子活下去

其實是很煩悶的
女人告訴你
你還有沒完沒了的責任要盡
你過去不道德的種種事跡
她是非常清楚的
歷歷在目　罄竹難書
而且很可能

目前並沒有脫離不道德的生活
你仍然活在罪中
只是不斷的欺騙自己　和其他所有的人
還去教會　連上帝也騙
一個騙子　騙子　騙子　騙子～～～～
（女人的聲音越來越尖銳
似乎發現了宇宙的真相）
於是你便連可以煩悶的自由空間
都被一掃而空
要備戰起來

好好的重新做人
繼續扮演一個角色
一個不死的角色
其實　還是一個　騙子

你可以誠實一點嗎
女人懇切的問
只要說一次實話好嗎
我回答　真的沒辦法
（女人的聲音越來越高亢
再度發現了宇宙的真相）

其實不真心愛愛人

在電話裡
告訴愛人永遠愛她
同時專心注目
路邊行走的年輕女子
赴約途中
看見一位動人的女性

即刻想　邀請她
一起逃離這個城市
隨時想叛逃愛人
逃離愛情束縛的暴政
無法忍受愛人不再愛我
不斷訴苦　哀求
見不著她底痛苦
巨大無垠的空洞
靈魂塌陷
下沉至無底深淵

我窒息　無法呼吸
立即需要愛人的聲影
（我中毒太深
　愛人是我的鴉片）

再度見到愛人
握著她的手　微笑　呼吸
恍若隔世
安定下來
開始盤算

另一個女子的出現
拯救我脫離愛情捆綁的日子

其實不真心愛愛人

女人是你的天敵

已經太晚
你終於發現
女人是你的天敵
她是一個狩獵者
而你是她的獵物
一個終生豢養的家畜

在食槽中呼嚕呼嚕的飽食之後
可以肆無忌憚的和她交配
其他　你什麼也不能做

你是一個被愛情鎮壓的
被剝奪人權
被損害人性
被毀容的　非人
由是　你擁有豬舍裡的自由與幸福

情人的姿態

情人的呼吸

情人的呼吸
是我生命的節拍
看情人　如靜物畫
情人在框內
我在框外
這樣　無聲的下午

聽情人的呼吸
緩緩　暖暖
北非的海岸
海明威聽過　遙遠
獅子的吼聲

我在框內
情人在框外
進入畫框
和情人互視　如靜物畫

走出畫框

寂寞的螳螂

和情人逃脫
靜物畫上
沒有情人沒有我

妳真的極其美麗

妳真的極其美麗
妳是那沙漠中的玫瑰花
阿拉伯人中早有傳說
妳是那銀河系裡閃亮的星子
太空人之間不是祕密
妳　真的極其美麗

天使為之擔心
撒旦為之喜樂

然而

花　終究謝了
星子　也黯淡了
妳底美麗
在我的回憶裡
是最後擺動翅膀的蝴蝶
成了我的標本

將美麗收起來

妳不在我身邊的時候
求妳將美麗收起來
因為妳的容顏
引起勇士發出
愛情的慾望
還是
慾望的愛情

妳和他　不能分辨　什麼是真實
妳只會　羞澀地微笑
那將使局面更加困難　混亂

經上說
「求妳掉轉眼目不看我
因妳的眼目使我驚亂」
當妳不在我身邊的時候
求妳
掉轉眼目不看勇士
因妳的眼目使他驚亂

經上說
「妳的雙乳
好像百合花」
當妳不在我身邊的時候
求你
將胸襟密密覆蓋
因妳的胸懷使勇士神不守舍
當妳不在我身邊的時候
求你將美麗收起來
因妳的眼目使勇士驚亂
妳的胸懷使他忘了他的初衷

我和你不同

我和你不同
你可以想其他的人
而且你也一直這麼做
我只想你
不想其他人
我和你不同

你可以和其他人在一起
而且你也一直這麼做
我只想和你在一起
不想和其他人在一起

我和你不同

愛情的U turn

愛情U turn
只有如此

在下一個　紅綠燈
我們折回
循時間軸　逆向而行
嘗試溯回原點

發現沿途風貌是陌生的
又是熟諳的
是曾經這麼樣的走過嗎
原點不復辨識
妳我的心神面貌經過蛻變
早已不是原來的妳我
那麼
在　下一個紅綠燈
我們再折回吧
愛情 U turn
只有如此

復活中的愛情

愛情　我的鄉愁

愛情是我的荒原
我的一生泳於
不斷返回原初愛情的漩渦
死亡是我愛情的歸宿
或者
愛情是我死亡的原鄉

你　在我們生命的懸崖之後
等待我
攜手　走向永恆
你安慰我的心
說愛我
告訴我　不用怕了
（我驚恐了一生）

對於我來說
愛情與死亡
是永恆中的永恆
一世掙扎混亂後的寧靜

寂寞裡的愛情

寂寞裡的愛情
愛情裡的寂寞
像冬天獨處時看著院子裡的薔薇
像在山中見到遠遠樹梢上的忍冬
不知　如何是好
想轉身　去找誰
要說一件事

在眾人裡　在行路中
突然　想起愛情
寂寞就像一株快速發芽的豆子
一會兒佔滿了心懷
想　她還好嗎
此刻
也是在被愛情折磨著
寂寞的發慌嗎
總是難以想像
她被另一個人摧殘的面容

她向他哀求的哭號
難聽的聲音　如金屬刮傷玻璃
然後她委身下來
儘量滿足他的需求

在冬天孤獨的日子裡
重新排列愛情
打發生命

愛情的蹺蹺板

這是愛情的蹺蹺板
你在這邊　他在那邊
你總是輸家
輸得很慘
輸光了　沒有人可以訴說
（沒有人要聽你這種千年不變千篇一律的無聊事兒）

愛情的蹺蹺板
永遠不平衡
他很平安　一切很好
你不平安　一切都很糟

有一天
你決心離開這個蹺蹺板
不願意再忍耐
你要重新做人

你盼望
你長久的配合與侍候

使他習慣而依賴你
應該角色互換了
他必須開始付出更多
使得愛情得以平衡

可是
他很平安　一切很好
你不平安　一切還是很糟

愛情的飄零

愛情使人嚐到
人世的真實滋味
翹首　盼望見到愛的人
在遠處　在街角
看見他的身影
接觸到他的人

聽到他的話語
那是
真實中的夢幻
夢幻中的真實
時間搖擺　停靠在岸
待分手時
驚詫世人也在活著
愛情的失落
艱難徐行　在夜半荒蕪的路上
等待　不見身影

寂寞的螳螂

觸摸　不著溫馨
傾聽　沒有聲音
這是
夢幻中的真實
還是
真實中的夢幻

偶爾你轉身

孤獨　轉身
感覺　在樓下　在街角
她就在那兒　等你
都還那麼年輕
年輕到歲月都停了
微笑　攜手
問　準備去哪兒呀

去哪兒？
在一起都好

那兒是故鄉？
和愛的人在一起
就是故鄉
飄泊的人有了錨
將生命的種子撒下
定居看海

於是
那兒是生活？

在一起就是生活
那裡是世界？
在一起就是世界
只要在一起　就好　好到無比

分離了那麼久
此生永不得見
一直在尋覓她
在異鄉的車站　觀望
凝視塔樓上的大鐘

偶爾　你轉身

望著鏡中
等待和她重逢的日子
居然忘了歲月

其實你不明白　分離後
她從未思念過你
也從來沒有愛過你
只是這件事
你也忘了

孤獨　你轉身
感覺　在樓下　在街角

她在那兒等候你
微笑
歲月
早就停了

末後的日子

於是　生活
只是角色扮演
愛情早已抽乾
像一只剩下褐色的蟬殼
還緊扣著樹幹不放
知了無盡嘹亮的吱叫

靈魂漂流在深山大澤之中
等待它的愛人　從泥土中爬出
辨識它
然後　交互吱叫
以一種間奏不息的韻律
那喜慶般的聲浪　高亢歡愉
驚醒了撒旦　後悔他的身份
也讓往返地獄途中的觀音回首
於是　活著
等待末後的日子

等待　基督救贖臨到
而愛情也一齊甦醒
重新看見　原初的愛人
脫去了她的殼

於是我們重新吱叫
以永恆的韻律

愛情與死亡的變奏

逃離愛情的追捕

你，一直在逃離愛情
在黑色的森林裡
被一頭野獸追趕
牠，必然要獵殺你
森林裡　完全陰暗
輕霧靉氣　間歇流動

陽光循巨木藤蔓緩緩滲入
隱密的溪流旁　樹影後
有不明的幽靈移動
暗處宛轉傳來蟋唆的細語

躲藏在愛情忠貞與背叛的帷幕後
你手持塗蜜的匕首
不是插入你愛人的喉嚨
而是你自己的心臟
你的鮮血染紅遠方的雲

在溪水中

你發現
你的臉已經換上了那追捕你底獸的頭
你的靈　將永遠地居住在這迷宮裡

當你以腹部爬行

當你以腹部爬行
在窗外一角　探視屋內溫暖的燈光
地土的濘溼與腥味
是你的宿命

滑行
到一片破碎的鏡面前

發現自己的醜態猙獰
猶疑　卑屈　安靜
思索自己的身份
離去　滑行
只會彎曲而行
穿過庭園草木
帶起窸窸窣窣輕聲
貼靠一株枯樹
孤獨　昂起頭
尋找一隻骯髒的老鼠吞食
然後捲曲　索居於陰森的洞穴裡

你以腹部爬行
在成長與掙扎的日子裡
逐漸認識自己
是一種被咒詛的群類
遠古的源由依稀記得
那樣的判決永世不得申訴
仰望穹蒼　向神訴說
如此世間殘餘之物　何時得以解脫
想像中　換身直立
成為一名英挺非凡的男子

捧一束摘自伊甸園的鮮花
微笑地
進入屋內
向那美麗的女子
表達殷勤愛慕之意

起風了
我仰望神
向祂微笑

情人　是栓在你頸子上的石磨

情人栓在你頸子上
一個大石磨
你和她　只有一齊沉入海水
巨浪在你們頭上移動呼嘯
已經侵擾不了你們
沉入　緩緩　沉入　慢動作
大海裡穩定

你們平安
透明深藍的海水
她的眼睛依然明亮
她的手腳舒開自然
她的長髮飄浮
她穿著短袖長裙淺色小花洋裝
在漸入黑色底海層前
她如此的美麗
你　只是觀看

她只要確定

你和她在一起　永遠
那麼
去哪裡都可以
生生世世

光在上頭　已隔絕世界
進入漆黑的深海
攜手　繼續下沉　緩緩
情人的手是溫暖的
時間被極重的海洋壓縮　分解了
緩緩　慢動作　抵達海溝

著陸　砂是軟的
活在深黑的海底　練習平衡
永遠在一起

許多世紀以後
你們的眼睛進化出螢光
你們看見彼此
你們在海溝裡行走　探索地心的深淵
你們成為神話

當你眷戀一個人

當你眷戀一個人
你就像一隻錦鯉
在一個遠方長了苔的池塘中
你　孤獨　緩慢地游動
陰暗裡　有潮濕的霉味
你眷戀的人

就像一隻貓
到池邊瀏覽
你游到荷葉下　隱身
轉回　顯示你的姿態
他溫柔凝視你
然後觀看遠方
忍受他的慾望
思索得到你的成本
他悄然　無聲地走了
在一個長了苔的池塘裡

寂寞的螳螂

你游入陰暗
轉回　你孤獨
陽光從高大的樹林中
透過水紋
晃動地　灑在你身上　溫軟

當你眷戀一個人
你就像一隻錦鯉
你眷戀的人
就像一隻貓
他在計算　你在等待
你喜悅他溫柔的眼神

他估算完畢
他的利爪猛然入水
刺入你的鰓心
你被拋在池畔
你的腸肝撕裂
鮮血染紅了地土

你眷戀的人　變身為一隻冷酷的山貓
飢渴地啃食你的肉臟
你的身子在最後地掙扎
吸入的空氣從斷根的喉管洩出

寂寞的螳螂

你　只剩一尾白骨
你的鰓　還在微弱地掀動

你眷戀的人
悄然無聲地　走了

在這個遙遠長了苔的池塘裡
安靜　陰暗　濕冷
陽光從高大的樹林中
透過水紋
晃動地　灑在荷葉上
無聲

愛情的亡者

存活的我
如螃蟹進入蒸籠
蒸汽炙熱
我的雙眼瞎了
高溫極痛　我吶喊　瘖啞
攀爬過生物忍受的極限
我的鉗　我的足　我的瀉物

掙扎中　全部脫落
我的身軀轉紅
腹腔裡的精卵
熟爛成膏
我的殼被剝開
我的身子被扯裂
置於盤中
我看來完全不復成形
噯！
我為愛情獻祭

草繩捆綁我手足的壓痕
是我告別的印記
請你以醋以薑抹拭我
撫慰我遭受極刑的傷口

啊！
只有神
知道我的願望　我的冤屈
我自深淵欣喜而來
咬住愛情的毒鉤
我的靈魂復歸深淵

我們會幸福

我們會幸福

想像　我們會幸福
在邈遠的異鄉
霓虹燈在我們黑暗的窗口閃爍
明亮的地下鐵從陳舊的高架鐵軌上呼嘯逃去
冷風中　異鄉的街口
Budweiser 的綠燈

廉價的酒館
有哈瓦那的雪茄味
黑人與老女人
在吧檯昏黃的角落
等待愛情

歲月奔跑得又急又快
我們被遠遠地拋在後面
突然　我們消散在異鄉的巷子裡
因爲歲月
比我們早一步抵達終點

我要去一個遠方

我　要去一個遠方
把自己放下
去一個遠方
一個失去回憶的遠方
那兒有
黑暗中綻放的蘭花
豔陽下深海裡的寒冷

我又去一個遠方
革命以後的家鄉
在一口深井中看見自己

我去　還是　你去
還是　我們一起
去一個遠方
聽見重奏的弦音
讓鴿子飛回來

愛情使你安然無恙

愛情使你沒有恐懼
和愛的人
圈成庇護所
在其中有恆定
愛的人在羊的柵欄裡
我要守護你

使你安然無恙
你如羊
在溪水邊　永遠不渴
在青草地　永遠不餓

你入睡　你醒來
愛的人在身旁
你不再驚嚇
你安然無恙

第二部
散文

燃燒中的愛情

愛情的顏色

當你和愛的人去一些地方，一個餐館、一個咖啡廳、一個電影院、一個碼頭、一個海岸、一個森林、一個景點、一個街道、一個旅店。這些地方，你事後回憶起來，都染上了愛情的顏色，有了愛的人的色調，你和愛的人就永遠地駐留在那兒，不曾離開，如同蠟像館裡的蠟像，不動了，卻栩栩如生；又好像，過往的景象在召喚時動態的從深井裡浮現上來，又如記錄片在感光紙上重新顯現。於是，過去具體有形，而且繼續活動。也就是說，你和愛的人的聲音光影永遠存留，如資料寫入時空，隨時可以查詢取得，消散的景色聲音在追憶中還原。那是由於生命的火焰，從未熄滅，活著的心靈供給過去生命的泉源，持續更新對記憶的想像。於是從現在，你重新發現過去，從過去，你重新獲得現在。

在遭難的日子裡，你迷失了自己，你感到孤獨痛苦，愛的記憶將帶你重新回到愛的人身邊，她將隱蔽你，讓你躲避刀劍，給你溫暖。在愛中，你發現與愛的人同在，生命的謎底才被揭曉，你一生的夢想終於實現。

數十年來，愛的人仍然溫熱，在你的心靈中，從未消逝，你在戀愛，原來如此，你一直在戀愛中。愛情的顏色，反覆塗抹著你一生的景像，使你的生活如彩色的油畫，只有你可以識別層累覆蓋裡的顏色，又好像合奏的旋律，只有你可以聽見其中暗藏的美妙音律。

雖然，沒有人真實地愛過你。

愛情的一半

愛情，像亙古穹蒼中伸出來的一把彎刀，把我切除一半，也把妳切除一半，以血以肉揉合成一個新人；愛情，又像遼遠星空上落下來的一根銀針，把妳我密密麻麻的縫合，重疊的一絲縫隙也沒有。原初摯熱燃燒的愛情，藉著奧秘的彎刀銀針，將妳我各自一半不適的成份去除了。

從此，我看見妳，就好像妳看見我；妳是我的影子，就好像我是妳的影子；不在一塊兒的時候，就念著另一個人；原來在靈裡，我們已經整整實實地成了一個人。才知道愛情的質性要顯明出自己只有一半是好的，永遠在等待生命中惟一的另一半的好，而當彼此出現時，立即合璧完滿。此後二人可以去任何地方，在一起做任何事情，可以不停的對話，可以靜默終日，可以注視對方，直到日子盡了。

有一天，我們分離了，我只剩了半個人，妳也成了半個人，其實都是一個半片人，各自只有一隻眼睛、一只耳朵、半個腦子、半片靈魂。後來，妳遇到了一個人，條件樣式都好，只是怎麼合，也沒法子讓彼此對齊的完滿。

跋涉過生命的斷層，幾十年後，我們都老了、疲乏了。妳告訴我：「我這一生只愛過你一個人。」我想，那是因為羊，最終識得了與牠失散的牧人。那麼，日子將要終了，讓我們回到原鄉，將當初中斷的路子走下去吧！

找不到愛的人

找不到愛的人，心是空洞的，身子是飄浮的，世界混沌無序，缺乏清醒的意識。

你發現你的心思意念，處於一直在尋找她的狀態。不久，她會不會出現呢？她現在和什麼人在一起？在做什麼？你活在懸疑之中，等待她的決定，也就是，她對你的命運具有最終的審判權。

如果，長時間地看不見愛的人，你麻痺了，漸漸地習慣可以沒有她也可以活著，決心了，握緊拳頭，勇敢的，生命要走向一個新的方向。可是，她居然出現了，好像這期間沒有那麼嚴重的問題，她去了另一個時空，現在轉回來了。你又找回了愛的人，你的心是踏實的，身子是穩固的，有了清醒的意識，人生的方向如焦距對好了，清晰起來，對世界有著明確的詮釋，和她在一起的日子，你有永恆的感受，像夜晚在陽明山攜手觀看穹蒼上輝映的星空。

在如此尋覓、等待、見面、離去、尋覓、等待、見面、離去的循環裡，你就像籠子中的松鼠，繞著無望的圈子，圈子裡的圈子，圈子外的圈子，不停的奔跑。

有一天，你發現你早已陷入一個多維的謎題，這個謎底描述一個矛盾的困境，她不能決心愛你。

當你的愛人在愛另一個人

當你的愛人正在愛著另一個人，而且痛苦的沉溺其中，你的困難在於，每次你的愛人被另一個人在床上糟蹋之後被逐回時，如何繼續你的愛情？當你卑微的乞求愛人給予次殖民地的愛情，包括她的撫慰和性愛時，不由的感到做為人的悲苦，恐懼你將接聞到另一個人的氣味與體液。然而，你的愛人經常悲傷與怨嘆，訴求她對於她所愛的人應有的忠貞，盼望愛情的甜美與憧憬婚姻的場景，你便寄望那另一個人繼續摧殘你的愛人，就會證實你的愛情是最忠貞的，最終你的愛人會認識到，只有你，能夠給予她永恆的愛情與完整的婚姻。

其實，你須要認知，你的愛人認定她所愛的人是她的白馬王子，而你在這個場域中，只是牽著一匹黑驢穿著可笑制服的僕役。你的愛人從來少有正視你的時刻，對於你對她無可遏抑的贊美與執迷，感到輕蔑與不耐。然而她在她所愛的人面前經常受到輕視與粗魯，得不到她所愛的人的承諾，使她需要你的愛和支持，以便她能克服愛情中不斷的苦楚和屈辱。於是，你有了生存的空間，尤其是你的愛人所愛的人正在忙於世俗成功的追逐，遠適異國短暫的一段日子裡，你便和你的愛人過著正常的愛情生活，夜晚聽著窗外滴答的雨聲，內心數算等待著你的愛人所愛的人歸回的日子。

想像中，他將攜帶巧克力和玫瑰花，穿著棗黃色的毛料西裝上衣，乳白色的棉料襯衫，頸部裹以黑紫色的絲巾，寬鬆舒適的藍黑色長褲，英國皮鞋，曬成褐色的皮膚，密實的頭髮，如是的信心與面容，爽朗的笑聲，以英雄的姿態跨步走來，你的愛人以你從未見過燦爛的笑容和淚水，迎向他偉岸的身子，然後攜手走出機場，坐進等候中的一部新型墨色寶馬轎車。你觀望到你的愛人修長潔白的雙腿優雅地擺進車座裡，你感到亢奮的美感。

重新的等待著。

夜車

早秋，夜深，在一個遙遠、遙遠的異鄉，開一部高級兩門黑色轎車，在公路上穩定地前行。

愛的人在右座上捲曲的睡著了，光著的腿上蓋著藍綠色純毛的毯子，黑亮的頭髮像瀑布散落在隨著呼吸起伏的胸脯上。顯示板上微弱的夜光，迅速飛去的暗黃路燈，偶爾交會而來的車燈，交替地閃鑠在愛的人身上，沉睡著，永遠這麼好看，尤其是在暗色中，愛的人的輪廓有一種特別的美感。這樣子的溫暖舒適，使我感受到一種恆定感，可以一直如此前行，直到世界的末了，與永恆的軌道接合。其實，愛的人在日光下，已經看得出她居然不復年輕的模樣了。

深夜，車子以燈光劃開黑幕，要去一個小鎮，紐約州冷泉鎮（Cold Spring），赫德遜河（Hudson River）旁。我要尋找三十五年前，我留學時代為了生活打工的地方。當時從紐約市中央車站搭火車去，要一個小時，到了鎮上，老闆開車來接我，古樸的小火車站離開赫德遜河邊不遠。我在這家中餐廳當服務生，非法打工，老闆兼大廚，還有一個老服務生，他們都是浙江人，濃厚的溫州口音，大陸陷共後逃難跳船來美。老服務生每晚喝兩瓶青島啤酒入睡，我們倆住在廚房地下室裡的一個角落裡，靠著冷凍櫃，傳來淡淡的生肉味和霉味。我那時年輕，二十六歲，毛頭小子，現在想起來真勇敢，一個人在紐約市像難民區的華埠裡挨家找工作，介紹所的老闆以我幾乎聽不懂的廣東口音問我：Cold Spring 去不去？

我一口答應，根本不知道是什麼地方。猶記得我獨自站在火車邊門，在火車規律壓過枕木的聲音中，觀看赫德遜河沿途緩緩流動的美景。

那時，父母俱在台北，有一天我說我要回家。三十五年後，父母俱歿於異鄉，我感覺無家可歸。

我需要我愛的人，和她在一起，我有根的感覺。愛情，終於成了我的歸鄉，無論到那裡，有她，就沒有了鄉愁。

愛情的喜劇性

罪性的曙光

他必須不斷地、持續地克服他對女性的想望，包括對路人、海報、同事、同學、年輕寡婦、教友、鄰人妻子的欲望。這種可怕無法抑制的羞恥罪惡感，必須被立即潔淨。惟一的途徑，乃是在認罪祈禱以後，盼望為他所愛底女性忠貞的愛與性所救贖，倘若他一直無法找尋到這樣的女性以保衛他的情愛與肉慾，他就會顯現出他的雜交本性。

通常，他曝露在明顯的危機中，即是他的污濁慾望幾乎是公開的展示出他真實底形態，如同公狗跑步時兩粒睪丸活潑的抖擻著，表示著隨時可以性交。

從性愛中出走

我們問題的真實性一直被暫時性地掩蓋，我們依賴性愛解決問題。到後來，如果沒有性，我們感到恍惚，開始懷疑彼此存在的意義，不能確定我們還可以做什麼?當一方不願意繼續沉溺於慣性的性愛，我們面臨忠貞的議題。性成為愛情的工具，愛情成為性愛的理由，也就是，愛情使性得到它的正當性。

我們的困境是，我們其實不知道我們在做什麼，而真正的危險，是在性愛中，我們不知道我們是誰?我們失去了自己，我們為性服務，我們彼此成為對方的性奴，我們需要確定我們的目的，但是沒有，只剩下性的殘骸。

我們從來沒有真實地溝通以認識彼此，如果我們嘗試在缺乏性愛的生活中相處，我們像魚離開了水，就會發現，我們觀念和習性的差異如此之大，簡直不知道怎麼能維持了這麼久的關係？我們幻想我們會幸福，可是沒有性愛，我們失去了根本的連接點，當我們注視對方，感到陌生與恐慌，我們的話語缺乏實質，空洞到可以透視，我們牽手，無處可去。

我們依賴性愛解決問題，而當不再有性愛，彼此仍舊依附的時候，就漸漸顯明出愛情的道德性，那原來是愛情的底色。這個時候，一個人看到愛的人在生活裡的孤獨無依、對愛情的無望、幸福的遙遠以及年華漸去，就發生了深刻的憐憫與永遠的承諾，愛情才脫離了性愛的禁錮，真實地長出了新生的綠芽。

男人—現行犯

由於男人在男女關係上經常性的說謊（縱使他並沒有實際的行為、縱使他並不自知他在說謊，也就是說，他是不自覺地或直覺地說謊），使得男人在面對女性時人格分裂。

一個男人難以真實有效地擁有一個以上的女人，雖然他在心理上、生理上、精神上，一直無法抑制同時擁有多女的傾向，以便他可以得到想像中人生應有的意義。多數男性在日常生活中小心翼翼地、明目張膽地、隨機應變地觀望各式各樣的女子，嘗試獲得女子們額外的青睞與結合。這種企圖如此明顯，極難掩飾，以至於形成了男與女基本關係的誘發性與緊張性。而女性在本質上，可能由於育種的心理與生理基因，寡占欲強烈，對於男性的自由取向，劃出嚴厲的限制，決不允許具有誘惑性的女子出現於其男子的視線之內，甚至於不讓男子與他的哥兒們經常歡樂的聚會。

由於女子這種先天性的本能，以瘋狂、決裂、歇斯底里、上吊跳樓、真假難分的鬥雞姿態，絕對地不接受其男人同時擁有其他女人。如此，使得男子意欲擁有一個以上女人的先天性本能受到最大的限制，使得人類社會的本質具有母系社會的傾向。其結果是，男性在僅僅擁有一個女性時，亦十分畏懼其女性，男性以為他可以藏匿他潛在對女性慾望深刻的罪性，其實女性的眼神是清楚的、明白的、準確的，女性將隨時、隨地準備揭發男性意欲擁有一個以上女人的罪行。只是有些時候（也許總是如此），女性要利用男性對女性的罪性，吸引男性為她無償的服務。

於是，在事實上，男性無疑地，是一個無時無刻地嘗試擁有一個以上女人的嫌疑犯與現行犯。

她們受騙

我做為一個男人，對待吸引我的女性有一種自然的傾向，就是非常想得到她，同時又要能脫離她的掌握，更不能被她尖銳的聲音與哭泣的面容指控我沒有良心、欺騙感情、忘恩負義。女性們是決不怕公眾知道她們受騙的一種動物，她們會告訴任何人，她們的家人，她們的小團體，她們的會衆，然後是報刊與電視，最後是徵信社、警察局與法院，甚至於著書立傳，不斷訴說男人如何施加於她們的惡行。她們活不下去，她們準備跳樓，她們想要上吊，她們決不妥協。她們能自然而毫不拘束地在眾人面前、在攝影機與鎂光燈下，具體深入地描繪出她們受傷與受害的情節，並且如同演戲一般做出誇張的表現，即興演出，完全不須要彩排，可以一演再演，重覆再三；她們時而哽咽，時而靜默，時而哭泣，時而悲涼，然後鄭重地抗議，如此深切地感動了群眾，大肆激發了社會公義，而其結果，足以毀滅任何一位高貴的男性。

我估計，由於女性們普遍賦有此種本能（也就是說，不須學習，自然就會的），具有高度毀滅性力量，多數時候可以嚇阻男性們的背離行徑。然而偶爾，也有失靈的時候，就是當男性希冀能過著一種新生活時，他終於發現自由的曙光，在於脫離女性羅織的罪名，於是敗德也阻止不了他的決心。可是，奇怪的，總是會出現（可能已經出現）一位偉大的女性，自認為可以改變與拯救這位男性於水火與罪惡之中，這是她的天命（mandate）。而這位男性內心深處的想像，則是他的自由意義，除了自由自在、為所欲為、放蕩消遙，同時還是要追求到他所渴望的女性，他認為如果得到了這位上天所賜的伴侶，他的生活就可以重新定位，他與她將揚帆出海，航行於命運的軌道，一起探究生命的奧秘，這位女性乃是他一生的救贖。

然而真實的景況是，男性始終面臨自然界偶配（mating）的一個迷思、一個盲點、一個危機、一個陷阱。在最大的限度下，他永遠得不到他渴望的女性。

於是，他一再地被他所得到的女性們所毀滅；而公平的，或不公平的，他也一再地毀滅了他所得到的女性；最糟的是，他將一再地追尋他得不到或尚未得到的女性。由此，縱使他缺乏實際採取行動去追尋女性的勇氣，卻在心神上已經勞頓不堪，如此反反復復地、瞻前顧後地，耗盡了他一生寶貴的歲月。

當你的情人們揭發你

當你的情人和你的配偶，先後地、同時地、明示地、暗喻地、質疑地、毫無信任地、經常地、無時無刻地、私下地、公開地，揭發你的罪行，你才真正的認識到，不是你有多麼的敗壞，這是事實（本來你可能自己不那麼確定，現在是確定了），而世人都知道了你的惡行，這才是問題之所在。你的惡行公諸於世，群眾的法庭已經定讞，你是一個壞人，也就是一個罪人。你欲求分辨壞人和罪人的區別，但是徒勞無功，因為你的劣跡，在你的情人和你的配偶的控訴中已然確定。也就是說，你是一個壞人和罪人，定案了，無可申訴，無從狡辯。你被貼上標籤，公審，看啊！這個人，是一個壞人、一個罪人。你要低頭，在會眾中，你要認罪悔改，不斷地祈禱，以潔淨你的罪。雖然，確信你是一個壞人和罪人的人們，有他們自己的惡行尚未被他們的情人和配偶們所揭發，還可以安然度日。

離奇的是，你的情人和你的配偶開始認識到，一個被揭發了惡行的人，比再去找一個等待被揭發的新人，更容易控制，她們隨時可以提醒你，你是一個壞人、一個罪人，你要低頭、安靜、悔改，更要加倍地工作掙錢。你像一個關進籠子裡夾著尾巴的動物，被群眾監視著，以上帝憐憫之名。

而你再犯，以現行犯逮捕。你的情人和你的配偶在卡車上憤怒地一左一右的押著你，你以反革命罪遊街示眾。你頭戴高帽，雙臂後綁，衣衫不整、汗流浹背，在群眾咒罵聲中，你掙扎地、喏喏地唸著「我無罪、我無罪……」，快到了處決地點，你突然勇敢地昂起頭，大聲地喊叫：「二十年後……還是一條好漢！」群眾裡爆出一聲喝采。

醒來，原來是一場噩夢。

在地願為連理枝

去年十一月，在小學同學兒子豪華的婚禮上，我左邊坐著同學馮博士和他幾年前梅開二度的年輕夫人，右邊一位軍中退役的同學，再右邊坐著兩位年輕時很漂亮的女同學，經過了六十年，再美的女人也要像一袋馬鈴薯，腰身基本是看不見了，往昔細小的臉蛋膨脹一倍加上三層肉框，像撲克牌中的皇后。

「在天願作比翼鳥，在地願為連理枝，呸！三個月不到，我們都收到喜帖啦！」張姓女同學在長庚醫院當護士近三十年，看到許多男人在太太過世以後，在喪禮上哭得淅瀝嘩啦的，說什麼「在地願為連理枝，在天願作比翼鳥」，真是感人肺腑，賺人眼淚啊！結果呢？很快就找到他新的「在地連理枝」了，而且速度之快，匪夷所思，實在是寡廉鮮恥！真不知道他是怎麼能辦婚禮的？而且還邀請了三個月前參加他前妻喪禮的親朋好友醫生護士們，簡直是狼心狗肺，喪盡天良。「哼！後來我們才知道，那個新太太是他的秘書，在一起十幾年了。」另一位閻姓小學女同學臉上現出不屑的表情，尖聲的說：「嗨！那個賤人小三，總算給她盼到了！」沉默了一會兒，她突然憤慨的罵著：「九把刀，王八蛋！」

當兩位女同學一面夾菜，一面苦大仇深地連聲咒罵男人的時候，咱們男同學們都噤若寒蟬，不敢接話。馮博士靠近我，低聲說：「這個王八蛋三個字，恐怕在座的男人，大多難以倖免。」我說：「嗯！可能全婚禮裡的男人，都得戴上這頂帽子吧！」我們兩個老男人不禁嗤、嗤的笑了起來，由於帶著神秘猥瑣的神情，引起了他年輕夫人的疑心，勉強配合著微笑。此時，婚禮台前在活潑的音樂中播放著新郎新娘的婚紗照，我在昏暗的燈光中，望著坐著、走動中的男人們晃動的身影，他們當中，有幾個不是”王八蛋“呢？

忽然想起，我們教會以前有一位老先生，自從夫人過世以後，前前後後換了四位「連理枝」，最後八十歲多了，才被他的兒女們制止了他的「尋枝之旅」。如此這位老先生到了天國以後，將會有五隻鳥和他比翼同飛，或者，他要和五隻母鳥連結比翼呢！那光景，真是難以想像，怎麼能飛的起來啊？

愛情的新道德

我為什麼會結婚

為什麼我會結婚？因為我不願意她一個人生活。不是因為我自己，如果是為了我自己的需要，我寧可一個人過日子。

一旦一個男人有了一個女人，他就開始了一個他過去完全不知道、在過程中經常無法應變、到結束時他還是不明白的，一件大自然中詭異的、奇蹟式的創造—女人，女人和他（或任何其它東西）幾乎是根本不同的一種類別。和女人一起生活，要保持一致地輕鬆愉快是很困難的，因為她容易生氣，過度在意其他人（尤其是男人）的看法，輕易相信廣告謠言邪說，而且不能容忍她的男人與其他女人有良好的關係（甚至是正常的關係，如果可能的話）。也就是說，女人一生一定要圈住一個人男人，套牢他，像農人以軛款住牛馬，使他改造與進化，成為一個有用的居家男子，實際上是經由一個馴化以至家禽化的過程（domestication process），閹割他邪惡的獸性，習於他頸上的項圈（如此他可以成聖），他便日夜看守著家庭，依照那女人的指令行事。

因此，若不是男人為了配合女人的要求而行，我想人類早就滅亡了（當然名牌先行消滅）。因為男人不會只為了自己的緣故耕地打獵，那太累人了，只是為了吃，一個人不是必然要耕地打獵。要是我，寧可守住果樹，傍著水岸，不是說舒服不過躺著嘛！

但是，他需要性（這可能是一件麻煩的惡事），於是他看見女人，結果生出一堆小孩，他不能再一個人飽全家飽，他得耕地打獵捕魚。

經上說：「你既聽從妻子的話，吃了我所吩咐你不可吃的那棵樹上的果子，地必為你的緣故受咒詛，你必終身勞苦，才能從地裡得吃的。」說明男人本來好好的，女人來了以後，男人倒了大楣。經上繼續說：「地必給你長出荊棘和蒺藜來，你必汗流滿面，才得糊口，直到你歸了土。」日子真是不好過。

男人為了性、為了愛情、為了女人，付出了一生的代價。然而如果他沒搞好女人的需要和女人的關係，在上帝和世人眼中，他幾乎等同於一個壞人。

所以，問為我什麼會結婚？

可能，是因為我發現她沒辦法一個人生活。

她一個人，就會像一個非洲女人，赤腳露乳，雙手牽著兩個孩子，背著一個嬰兒，頭上頂著一個木盆，頸子上帶著十串彩色的項圈，豔陽下每天去十里外的河邊盛水，再走回居所，長年反復著。那光景看起來，實在是夠慘的了。

於是我想：「這樣子不行，我來幫忙吧！」

這就是我為什麼會結婚的原因。

可是我又想到：「這會不會是一場有餌的戲碼呢！」當我這樣子想的時候，我的孫兒們已經圍繞身邊了。那女人尖聲叫著：「老頭子，你還杵在那兒想什麼？孫兒們這樣子亂成一團不行的，快來幫我忙吧！」

我發現那女人的聲音和叫我的音調一直就是這樣子的，而我的腦海裡分泌出一組訊號，要即刻服從那女人的指令。

不要讓你愛的人使你不快樂

我們都知道，我們愛的人最能使我們不快樂，甚至於使我們受苦、寂寞、折磨（以及老化）。

因此我如此宣告：「我們要決心，要學習，不要再讓我們愛的人使我們不快樂，我們可能會挫折，會失敗，但是一定要忍耐，要堅持，我們會得到最後的勝利！」

為何如此呢？因為我們既然離不開愛的人，我們就要自己會生活，自己快樂，也嘗試讓愛的人快樂，有時候會適得其反，讓愛的人嫌煩，但是絕不要放棄我們自己也有快樂生活的權利。雖然我們愛的人可能企圖離開我們，我們不要讓他得逞，因為我們既然離不開他，我們必須理解到如何調整我們自己的感覺和作法，避免經常的和愛的人不一致，以免他煩躁厭倦，就有藉口離開我們。

我們想吃什麼、想去那裡、想學習什麼、想進行什麼計劃，就去做，不要讓愛的人給我們澆冷水，看不起我們，給我們臉色；我們不但要去做，而且要做的最好，好讓愛的人刮目相看，我們就高高興興，讓他無話可說。

我們因為能夠獨立的快樂，就會帶給群體和家中成員快樂，孤立了我們愛的人。雖然他經常陰陽怪氣，自以為是，妄自尊大，脾氣又壞，可能和什麼人有曖昧關係，但是當前我們要忍耐，不要讓他離開我們，我們要以長期作戰的戰略予以圍堵，戰術上要圍點打援，爭取他在家族裡和工作上的群眾對我們的支持。不要說破他不當的地方，使他失去了面子，惱羞成怒。我們要使他陷於罪惡和欺騙的光景，最終他沒有辦法正當的生活，使他在外面的瓜瓜葛葛由於缺乏正常與健康的生態，無法良好地維持而失敗。由於一個人無法長期的不正常、不快樂而存活，他需要群體和家中成員的支持，於是他只有向我們靠攏才能得到溫暖，感到安定。這就是愛情與婚姻的統戰觀。

所以，不要讓你愛的人使你不快樂，你要讓你自己快樂，並且讓週遭的人都快樂，你愛的人就只有劃地自限，投降是遲早的事；如果他不投降，他會遭受到社會嚴厲的譴責，在工作、家族、道德、法律、宗教上都站不住腳，他就是一個澈底失敗的人，他將長期遭受良心、家人和輿論有形無形的攻擊，他的心理和身體必然日漸衰敗，最後還是要依靠我們。

因此，我們是正義的、正確的，我們永遠屬於成功的行列。

女人與男人的中心

女人是男人的中心，一個男人沒有女人，他的人生缺乏距離感，他將漂流而無所據；不錯，他是自由的，但是這個自由是無望的漂流。他以女人為圓心，以自由為半徑，劃出他活動的範圍。無論他跑得多麼遠，甚至於到了天的邊界，他還是會回首，看著圓心。如果他能歸回，他要回到他的女人身邊，活完他最後的日子；如果他不能歸回，他死的時候，頭要朝著他家底方向，女人永遠守著他的家。

而男人是女人的中心，一個女人沒有男人，她的人生缺乏時空感，她將固定而無方向；不錯，她是自由的，而這個自由是無望的守望。她以男人為舟棹，以湖海為穹蒼，走出她拘留的天地，預料將永遠的離去，無論做什麼吃什麼，甚至於到了山窮水盡，她絕不回頭，守著男人也就有個家。如果有一日他要歸回，她要陪伴他，他的家鄉就是她的家鄉。

愛情的新世界

愛情是一個人在他一生中所能擁有最美好的一件事，愛情的感受接近永恆，縱使是一段沒有成功的愛情（通常總是如此），也帶給一個人常年的回憶，溫暖他日後孤寂與掙扎的日子。

一個人最好的結局，是他發現了真實與忠貞的愛情，這將帶給他幸福快樂不盡的源泉，二人相愛足以陪伴彼此走過這麼一段莫知其所以然的人生歲月。一個人如果擁有愛情（或者只是殘缺的、短暫的、不幸的愛情），生命的火焰被點燃，生活的次序將重新的調整。愛情使一個人和相愛的人有一個起點，這個起點，是生活的、也是生命的，是一個脫落舊世界，走向新世界的起點。

在人世中，愛情是難以得到的寶藏，愛情需要被視為珍寶，要盡心盡力的尋覓與安和歡喜的對待。而人多輕看愛情，粗暴蔑視愛他的人，不願為愛付出所有，只是隨意對待，甚至以性等同。可是世人往往為金錢與權力的追求傾注一生，其實是浪費生命，甚至遺害他人。

真實的愛情，將要求一個人放棄他原本堅持的事物，相愛的人選擇彼此所看重的一切。他們的幸福，不是無知的、機運的湊合，常常經歷烈焰燒燼，通過錯誤、憎恨、分離、死亡與重生，使他們從生命的自我和困境中成長過來，如蛾脫蛹，成為另一種型態的生命。由此，愛情使舊事已過，他們的新生，在於潔淨自我的過犯，如此將使得彼此和周遭的人都獲得喜樂。

愛情的惟一依據，是一個人盡心盡力、無盡無悔的愛另一個人，不論那個人對你是怎麼樣的好或不好，不論那個人有多大的錯誤，那個人怎麼樣的不愛你、背叛你，那個人和你經過多少的困難與波折，你總是要安詳的回應，永遠的溫柔，永遠的喜樂。愛情的真諦，永遠不是一個人對你怎麼樣，你就對他怎麼樣。愛情或失去愛情，使一個人真實認識生活裡的優先次序。而首先，你要悔改，否則你無法做到，在愛情來說，是永遠忠於所愛的人，寬恕所愛的人。

末了

男性對於人性探索的謬思

人，對於人性的無窮探索，產生他恆常性的思維與行動，展開他對於世界的摸索及創造，這背後有先驗的機制。這是人與其他生物迥異之處，你沒有見到貓對於貓性、蟲對於蟲性、鳥對於鳥性、魚對於魚性有所探索，它們在大自然安排的軌道層中規律地活動。人則不然，他不確定其規律為何，人是失去了紮根的漂萍，他是自由的，也是被禁錮的，禁錮在漂流之中，他無望地盼望著救贖，又反覆地沉入罪的伏流，他意識中的結束不是死亡，是對永恆的鄉愁。

而對於男性來說，其中有一個關鍵性的因素，就是經由與女性的結合，確定了自身的存在，從而形成他人生最真實與經驗上的圖像。然而，可能是由於來自於他自身罪性的墮落，也可能是由於他對於女性典範的期望一再地落空，他倚賴女性的終極意義是失落了，可是他將再度地、重覆地興起這樣子永不衰竭地對女性的願望。

人以為這僅僅是男性對女性的情慾表現，或是由於荷爾蒙的刺激，其實是源於他人性裏層的核心密碼，反射性地以愛情、性慾的形式，甚或是以眼神、語意、姿態的符號，與女性不歇斷地溝通、表達，以獲取女性，如此構成他認識與接觸世界最基本的、最強烈的、最原始的動力（很可能，從女性的視野觀察，這是一個反向獵捕的過程，是女性經由表現情慾以獲取男性，這是女性最基本的、最強烈的、最原始的動力）。

男性在與女性結合前，他處於一種不穩定的、焦慮的、昏迷的、幾乎是非人（無法認知與確定自身存在的形式與意義）的狀態，渴望著一種未完成、待要顯明的實踐，形同使命性的、生命必然性的、創造性的落實。在愛情與情慾想像與實踐的過程中，在他被女性完全地吞食前，他必須直面女性接近完美的肉身與靈魂，以充分把握與回饋對方的意涵。這樣子與女性做為他骨中之骨、肉中之肉、情意契合結合的起始、過程與完成，賦予他本來殘缺人格上的完整性，清洗了沉重與污穢的罪垢，使他的靈性與眼目獲得暫時性地明亮，得以掀起無知之幕，識別生命柵欄迷宮裡的出口，回復到一個人原初的實境。他在女性的溫軟中脫離了非人的疏離與空洞，從而產生出意識上的甦醒與良知上的自覺。此刻，卻認識到情慾本身即賦有背叛的本質，具有罪的成份，如棉裡之針。

如此反復探索人性歷程的期待與挫敗過程，顯示出制約理性的超越性以及罪的壓抑與浮現，並非人所能理解，乃是來自於神性的啟示與拯救〔亦有可能是跟隨著撒旦的偽裝，自伊甸園中以蛇的面目誘導。由是，人活在蛇（也就是撒旦）的權勢之下，人性受到蛇（也就是撒旦）的罪化，以至如今，直到世界的末了。此處隱喻了撒旦和人的互為親密與背叛關係，以及撒旦和人與時間的關聯性，從而指向了人從時間的結構性中因拯救而復活與永生的可能，因為撒旦和死亡皆臣服於時間之下，而時間是神權柄的展現，到了時間的盡頭，也就是世界的末了，撒旦和死亡俱將結束，而罪的毒信和死亡的毒鉤才自人的人性中被完全地清除。〕

對於人性流動形式的關注與描述、回顧與展望，人，尤其是男性，被定性為一種從爬蟲類到雙腳站立往還變形的雙棲物種，有可能，這就是他本真性中的一個謎底核心成份。而女性，則維持她高貴底性質，是男性的骨中之骨、肉中之肉，她育護與撫慰著人，尤其是男性，在塵世中經歷孤寂與罪惡中掙扎的苦痛。雖然，她曾在遠古的原初被蛇的毒信所螫，情慾於蛇罪化後藏留著撒旦的毒液，從而使女性與男性的情愛落入無望的深淵。

後記

這本詩與散文集，從動筆寫作到出版，花了近三年的時間。這段日子，我的心境隨著生活的起伏而變化，到最後一篇散文〈男性對於人性探索的謬思〉寫完（此文我得於神學與哲學家 John Macquarrie《探索人性（In Search of Humanity）》的啟發甚多）。我發現如果我從頭來過，我不可能再寫一次這本集子裡的大多數作品。因此，一個人想做什麼就去做，應該是正確的，因為時間一過，事過境遷，許多人與事，不可能再重現一次。尤其是寫作，每一段時期的感受都不相同，當有感觸時，若非馬上寫下來，靈感就過去了，下一次的感受不可能相同，因為一個人的心境反映出當時外在環境的變動。

這本詩與散文集，從開始到結尾，有些地方在感情上、體會上前後並不一致，甚至是矛盾的，這就說明了一個人走過的心路歷程。總體而論，人間的情愛與婚姻，不幸的成份與不幸的可能性居多。我的觀察，美好持久的情愛與美滿白頭的婚姻，十不得一，為何如此？基本上，男女之間，大多個性不同，喜好不同，對金錢、對朋友的價值觀不同，期待的生活方式不同，人生的目標不同，如何能長期地和睦相處？幸福的規律是男人要讓女人，女人要配合男人，兩個條件必須同時成立，這兩者間常常是有衝突的，多數人做不好。尤其安靜和喜悅是幸福的要件，男人與女人，長期不爭吵，要求雙方都有良好的素養，甚至要有自己的生活條件，這往往也是緣木求魚。但是，這不表示，男人與女人無法融洽相處，然而我認為僅憑一個人的本能，是做不到的，相當程度的溝通和反省會有幫助，也就是說，後天的自省與學習是關鍵。

回到我為什麼會寫這本詩與散文集的由來。

二〇一二年十二月十三日，初冬早上的空氣清冷，我在榮民總醫院準備第五次化療時，白血球很低，在門診二樓打完白血球增生劑，感到暈眩。一個人扶著樓梯緩緩走下樓的時候，我十分衰弱，當時頭髮掉光，體重下降十公斤，我身體前後搖擺，以保持平衡，頓時想到螳螂的模樣。醫院裡人潮多擠在候診室和電梯週圍，樓梯間空蕩而安靜，樓梯蜿蜒上下，像是醫院建築物裡的樹幹核心，我是裡面一隻寂寞的螳螂。

二〇一三年七月二十三日，夏天，早上九點鐘的天氣溫熱，我在家寫作，心肌梗塞發作（當時並不知情），兩小時後，十一點鐘，躺在沙發上，冷汗直流，無法站立，等待太太來接我去榮總急診室。痛苦中，腦海中浮出米開蘭基羅的創世紀圖像，亞當和上帝的手指只有一線之隔，我伸出右手向天，呼喊：「耶和華啊！請你不要取我的性命，因為我還有許多事要做。」之後，我想，這樣的祈禱不切實際，因為過得了今天，過不了明天。於是再對上帝祈求：「神啊！宇宙萬物皆你所創，人的一生瞬間即過，我短暫的歲月對您而言，算得了什麼呢？對我卻是惟一擁有的，求你再賜給我三十六年的日子。」上帝沉默，我乃當祂默許了。我在危局中趁機「勒索」上帝，事後這被我認為是一種「勝利」。第三天早上十點，我在榮總裝了兩根支架；半年後，二〇一四年二月，又裝了一根支架，這才戒了菸。

經歷了癌症與心肌梗塞，死亡，像一位久聞而遙遠的異形，突然變成了親近的朋友，有時候它近在咫尺，你開門，它就在門口，你回首，它就在你身後，你終於可以看清了它的模樣。這些日子裡，偶爾，愛情的回憶和感受如潮水鮮明起來，愛情像海浪永恆地沖刷著高聳的岩岸，訴說她的纏棧和哀愁，而岩岸則以沉默和無奈對待；愛情的火焰，如臨深淵，冰冷的水波下，探不見底，有死亡的陰影。原來愛情和死亡是彼此的鄉愁，愛情在死亡的界址上獲得了最終的承諾。

於是，我想嘗試以我過往愛情的寂寞與絕望底故事，以詩與散文的形式編寫成喜劇中的悲劇、又復悲劇中的喜劇的一本書，在死亡的曲線與我交會之前，將這本書交到讀者手中。

在本書寫作與出版的過程中，我遇到問題是我可以坦然的說出多少話？也就是說，我有沒有受到「言論尺度」的限制？在我們的文化裡，我自覺地受到家人、教友、政治的壓力，「不道德」、「不虔敬」是非常容易產生的責難。由此看來，人在其生存的環境裡，倫理、宗教、輿論的實質壓力遠大過法律的規範。人的自由，無非是嘗試對自然、社會、宗教、法律與政治的挑戰。而愛情在其中，扮演了一個獨特的角色，它供給我們絕大的力量與勇氣，去克服自己與周遭種種的限制，以追求我們的幸福。當我如此描繪我寫這本書所面臨的難處與恐懼時，我的出版界與文學界的朋友陳常智說：「這很像出櫃。」我刹那間了解了一個同性戀的處境，雖然我非同性戀者，但是我若要敘說我戀情故事的情節時，其中一些非道德與罪性的部分可能使我已經偽善的名譽受到揭露。最終，我還是刪除了原稿中少數接近《金瓶梅》的描述，等我七十歲以後再發表吧！這使得我的編輯顧問曾玉潔感到遺憾。我十分感謝我們教會的馮君藍牧師，他是一位知名的美術家與攝影師，他和兒子馮鯨聲盡心盡力地為我設計封面以及書內風格，使這本詩集呈現出典雅與美麗的樣貌。

其實我們人性真實的情況可能都大同小異，只是道德的面具一旦拿掉，社會的正常性無法維持，人類會瘋狂而毀滅。愛情在這裡，是一把打開了覆蓋人性面具的鑰匙，開啟了一個藏有本我與自我的核仁，進而同時洞穿了另外一邊偽善的世界；愛情指導我們脫離社會性的、宗教性的、政治性的桎梏，跨越過教條、律法、道德的欄柵，恢復我們喪失了的人性，到達人性的真實地帶，由於被信任與理解的對待，使人回歸到一個人本有尊嚴的原貌。

對我而言，生活中的職位、責任、道德等等的表徵與符號，都具有出場表演（performance）的性質。其實我一生都在表演、在應付，似乎我的周遭老是有一群觀眾，對我指指點點，評價我的表現如何如何，使我的生活曝露在無時無刻的指控之中。這些如精靈（spirits）般的觀眾由於那麼具體的存在，我幾乎可以聽見他們的聲音、觸摸到他們的形像，與他們對話。而在真摯的情愛裡，那些凝視我的精靈們暫時地隱遁，我不再表演，我可以脫下面具，說我自己、做我自己，不再被責難，我得到充分的自由，在愛的人的接納下，我得到了自己。由是我認為，一個人最真實的道德，便是對於他所愛的絕對的忠誠、無私的奉獻與完全的犧牲。

在罪無時無刻的追索下，我在恐懼中思索，上帝已經在地獄門口為我留了一個位置（God has already reserved me a seat at the door of hell）。我說門口，是相信人的罪有其不可知的源始，一個人終身偽善，亦有其不可不然之處，人在過犯中，救贖是對此生無望的呼喚。在我一生中，被人生的愁苦無趣與周遭人們單調絕望的生活景象，以及觀看到許多窮困、愚昧、被欺壓的人、彼此仇視的人群、被殘害的動物、昆蟲、隨意對待的植物、惡質的生態環境種種的光景，驚嚇到無以復加的地步，以至於應如何確定地走完我人生的道路，常在猶疑之中。

真摯的感情和愛情帶來人生真實的幸福，由於人不易得到真摯不易的感情，人生多屬不幸。我認為，萬物裡最珍貴的是人的親情、愛情和友情，其他都是配件，包括權力、財富與知識。我到六十歲時，才領悟到權力是最壞的東西（包括政治、宗教、幫派的權力），有權力的人多被權力滲透腐蝕，人性嚴重扭曲，志得意滿又常以謙遜顯示其內心的傲慢，以至於無法察覺自身種種的不當以及帶給他人的傷害。而財富與知識，是權力的另一種形式，擁有者恆常地輕蔑他人。

不是每一個人都像我這樣的過度敏感與自卑自傲，人們似乎能夠相當知足，認命於現狀。而我不行，常常看著窗外，想像我可以飛越蓊鬱的山林，渡過浩瀚的湖海，到一個陌生的國度，重新開始另外一種方式的生活，自覺而喜樂的走過餘下的生命。這樣子夢幻的實現，不會發生在儒者身上，其實儒者也有其道德性的意義，只是儒者總是感到缺憾，他沒有勇氣說他想說的、做他想做的。也許，這本書的出版，讓我做為一個儒者，終於有了一點突破。

楊雨亭

二〇一六年，一月。

台北，陽明山麓，活著真好。

作者自述

民國四十二年五月，戰後的台灣，天氣溫熱，台北陽明山下芝山岩，外雙溪邊，雨後新村十二號，土牆搭起的眷村裡，夜半昏黃的小燈泡下，一個身上帶著母親的血的嬰兒，減了臍帶，放到熱水澡盆子裡洗淨。楊雨亭，祖籍江蘇六合，母親來自長江的另一頭，四川成都。這個孩子日後一生沉湎於近代中國與台灣動盪迷惘的歲月之中。作為內戰失敗後逃離祖國的遺民族裔以及欲再革命中興的奮發者，到了六十歲時，終於體認到自身的身分是一個倖免於難的人，才真實地想念已經過世的父母，並且開始有意識地珍愛家人與愛護這個大時代中所有不幸與幸運的人以及動物植物。近年回到出生地芝山岩有福堂教會聚會。嘗思，若解放軍來，亂中，攜家欲往何處去？如杜甫見盛唐之衰。

就學經歷為雨聲小學，士林初中，成功中學，輔仁大學數學系，一九八二年麻州大學電腦研究所碩士。美國工作八年後，一九九〇年返台，於資策會擔任副處長，後開設軟體公司華岩科技及華岩出版社，成就甚微，其實一事無成。二〇〇九年，《劉霖》獲第三十屆耕莘文學小說類佳作獎。二〇〇八年，出版《上校的兒子》，二〇一五年大陸出簡體版。二〇一四年出版勵志書《管理你的失敗》。二〇〇九年文化大學史學碩士，二〇一〇年，進入臺灣師範大學歷史系博士班，研究國共史。早年文章見中時海外版、中國之春、中華雜誌、上海文學、爭鳴雜誌、九十年代等刊物。寫作重心在文化、歷史、政治與人道主義。除真名外，筆名楊雲、楊復。已婚，育有二子，現居台北天母。

國家圖書館出版品預行編目資料

寂寞的螳螂／楊雨亭作 . -- 初版 . -- 臺北市：
華岩, 2016.1
面； 公分

ISBN 978-986-84209-2-2（精裝）

855　　104016741

寂寞的螳螂

出 版 者：華岩出版社
作　　者：楊雨亭
地　　址：台北市金華街 207 號二樓
美術指導：馮君藍
封面設計：馮鯨聲
行銷顧問：楊開翔
電　　話：(02)2357-8899、0935-140-072
E-mail：yuting_ultra@yahoo.com.tw
郵政劃撥：5006038 華岩出版社
排版印刷：龍虎電腦排版股份有限公司
初版一刷：二〇一六年一月

定價：新台幣三二〇元

ISBN 978-986-84209-2-2